Wennjetz Sommerwehr

In einer Welt,
in der ich Danke sagen möchte

bevor es zu spät ist…

<u>Für dich!</u>

und für jeden, der anderen Danke
sagen möchte.
Es ist noch nicht zu spät.

Bibliografische Information der Deutschen Nationalbibliothek: Die Deutsche Nationalbibliothek verzeichnet diese Publikation in der Deutschen Nationalbibliografie; detaillierte bibliografische Daten sind im Internet über dnb.dnb.de abrufbar.

© 2020 Wennjetz Sommerwehr

Herstellung und Verlag: BoD – Books on Demand, Norderstedt

ISBN: 978-3-7504-5116-2

(Prolog)

Ein Traum?

Die leisen Töne der Playlist, die mich in den Schlaf
trägt, waren gerade wieder verstummt.
Ich war wieder wach.
Das blasse Licht des Mondes durchflutete meinen
Raum.
Es war ordentlicher als sonst. Das war das erste,
was mir auffiel.
Mein Laptop, auf dem ich sonst bis tief in die Nacht
noch schreibe; die Notizbücher, in denen ich alle
meine Gedanken sammle und meine Klamotten, die
ich am Tag davor getragen hatte, waren weg.
Der Boden war frei geräumt. Mavi, meine Katze, lag
am Fußende des Betts und schlief friedlich.
Ich hörte ihr leises Atmen.
Ihr Fell schimmerte im Mondlicht.
Ich hatte keine Erinnerung an den Tag.
Wann bin ich zu Bett gegangen?
Wann habe ich hier aufgeräumt?
Ich zog die Decke behutsam beiseite, ohne Mavi
aufzuwecken, drehte mich aus dem Bett heraus und
sctztc meine Füße auf die kalten Fliesen.
Der Melder der Feuerwehr, der sonst immer neben
dem Bett stand, war auch nicht mehr da.
Was ist hier passiert?
Ich fühlte nicht viel, nur die Kälte der Fliesen, die
langsam durch meine Socken in meine Füße zog.

Aber auch das Gefühl fühlte sich nicht echt an.
Hatte ich getrunken?
Keine Erinnerung.
Mein Kopf war gefühlt leer.
Wie heiße ich?
Meinen Namen kannte ich noch - ein bisschen war also noch da.

Ich ging weiter in Richtung Tür.
Nichts stand mir im Weg.
Mein Zimmer war gefühlt noch nie so leer gewesen.
Meine Tür kam schnell näher.
Meine Gedanken waren trüb.
Ich kam bei der Tür an und wollte den Türgriff greifen, doch griff einfach durch ihn durch - wie im Film.
Ein schlechter Film. Ein schlechter Scherz.
Auch beim zweiten Versuch war die Türklinke wie eine leere Silhouette.
Ich konnte auch nicht durch die Tür durchlaufen.
Sie war eine feste Barriere.
In mir spürte ich so etwas wie Angst hochkochen und erwartete, dass mein Puls ansteigen würde, aber es blieb das gleiche monotone Klopfen.
Mein Atem rauschte durch meine Nasenflügel.
Ich atmete so laut, dass ich ihn selbst hören konnte.
Gleichzeitig fühlte ich den Atem aber nicht einmal.
So als würde ich leere Luft atmen. Vakuum.

Natürlich geht das nicht.

Das weiß ich selbst, gleichzeitig weiß ich aber auch nichts.

Ich versuchte es ein drittes Mal und danach immer öfter, bis ich merkte, dass es keinen Zweck hat.

Ich bin gefangen.

Wahrscheinlich gefangen im eigenen Traum.

Aber wie komme ich hier wieder raus?

Wann wache ich wieder auf?

Ich betätigte den Lichtschalter.

Überraschenderweise ging das Licht sofort an.

Ich drehte mich um und ging zurück zum Bett.

Ich fühlte mich schwerelos.

Das Licht sammelte sich unter der Lampe in einer runden Form.

Die Lichtstrahlen reichten nicht einmal bis an die Wände.

So etwas hatte ich noch nie gesehen.

Das Licht war durchsichtig und gleichzeitig trüb und obwohl die Lichtstrahlen nicht stark genug waren, um die Wände zu erreichen, blendeten sie mich.

Ich setzte mich neben Mavi hin.

Sie rührte sich nicht.

Auch sie konnte ich nicht berühren.

Ich griff durch sie durch, bekam durch meine Hände keinerlei haptisches Feedback.

Das sah so falsch aus, dass ich es nicht ein zweites Mal probieren wollte.

Sie war auch nicht wirklich da.

Aber wenigstens fiel ich nicht durch das Bett durch.

Die Decke war weich - unauffällig weich, aber auffällig leicht.

Ich gähnte. Ich war trotz der neuen, aufregenden Sinneseindrücke müde - glücklicherweise.

Vielleicht komme ich so aus diesem Traum heraus.

Ich legte mich wieder hin und schloss die Augen.

Sofort war ich weg.

Als ich meine Augen wieder öffnete, war ich wieder an dem gleichen Ort.

Wieder war mein Zimmer unreal und aufgeräumt.

Ich richtete mich schlagartig und erschrocken auf und schlug die Hände hinterm Kopf zusammen.

Mavis Fell schimmerte im Mondlicht.

Der Boden war leer.

Alles war gleich.

Ich war gefangen und fühlte mich eigentlich miserabel, doch spürte wieder nichts.

Nervös, doch ohne mich nervös zu fühlen, klopfte ich mir mit meinen Fingern auf die Brust.

Mein Klopfen trieb mich mit meinen rasenden Gedanken in einen Tunnel.

Einen Tunnel, in dem ich nicht einmal bemerkte,
dass seitdem ich wieder wach war doch nicht alles
gleich war.

Jemand saß neben mir.
Nicht jemand, sondern etwas.
Etwas Menschliches, aber irgendwie doch nicht
menschlich wirkend.
Ich erschrak mich nicht.
Irgendwie war dieses Wesen doch nicht real.
Bin ich immer noch im Traum?
Na klar, wo denn sonst?
Aber was ist das für ein Traum?
Meine Hände waren warm und trocken, wobei doch
sonst meine Hände immer kalt sind.
Allgemein war mir sehr warm.
Angenehm warm. Ungewohnt warm.
Das Wesen wendete sich zu mir.
Menschliche Gestalt, doch es gibt keine Worte, die
sein Gesicht beschreiben könnten.

Friedlich, freundlich - so spürte ich seine
Anwesenheit.
Ich blickte ihn eine Zeit lang an.
Mein Herzschlag und meine Atmung liefen
eigenständig weiter.

Kein klarer Gedanke kam aus diesem Chaos in meinem Kopf heraus.

Alle Geräusche blieben mir trocken im Hals stecken.

Ich war wie festgefroren.

Ich blickte in menschliche Augen.

Ja, menschlich.

Ich denke, so könnte ich das beschreiben.

Menschlich.

Anmutig.

Das Wesen war schön.

Ein Mund öffnete sich und eine Stimme füllte leise flüsternd, laut und weich grummelnd den ganzen Raum.

Unbeschreiblich.

„Komisch, oder?"

Ich nickte.

Komisch - das trifft es am besten.

„Träume ich?"

Das Wesen schüttelte langsam den Kopf.

„Komisch, oder?", wiederholte es noch einmal.

Ich nickte wieder.

„Da denkst du während deiner Lebenszeit häufiger an das nach dem Tod als an das Leben selbst. Du stellst dir die Frage, was danach kommt. Und jetzt bist du so kurz davor, eine Antwort auf deine Fragen zu bekommen und denkst an sowas lebLos lebendiges wie an einen menschlichen Traum?"

Ich schaute runter auf meine offenen Handflächen. Sie zitterten und waren gleichzeitig ganz still.

Das geht doch gar nicht, kann manch einer jetzt meinen.

Aber das ist es eben - dieses unbeschreibliche Gefühl.

„Ich bin tot?"

     „Nicht ganz."

„Nicht ganz...?"

     „Sonst wäre ich nicht hier...", sagte es und schaute sich um.

„Wie heißt du eigentlich?"

Eine naive Frage.

     „Es würde dir nicht weiterhelfen. Du wirst dich danach nicht daran erinnern können."

Ich schluckte und sagte nichts. Ich verstand langsam das Unverständliche und war ganz mutig, ängstlich.

„Dein Zimmer?"

Ich nickte.

„Ich hab´s lange nicht so aufgeräumt gesehen."

„Bist du hier gerne gewesen?"

„Ja. Mein Zimmer…, mein Zuhause…, meine Familie."

Keine Träne. Kein Frosch im Hals. Kein Gefühl.

„Solche Gespräche kommen nicht so oft vor. Es musste schnell ein örtlicher Rahmen geschaffen werden. Schließlich sind wir noch an die Erde gebunden und an die Gesetze von Raum und Zeit. Ich wollte dir schnell einen Ort geben, an dem du dich wohl fühlst. Und das hier habe ich in deinen Erinnerungen gefunden."

Wieder sagte ich nichts.

„Und das ist…?"

„Mavi", sagte ich.

„Du hast sie gern?"

„Sehr gern…"

Es starrte sie an. Unheimlich, gleichzeitig freundlich.

„Deswegen ist sie jetzt hier…"

Ich schaute fragend zu ihm.

„Warum der Rest meiner Familie nicht?"

„Die sind im Krankenhaus. Auf der Erde."

„Und Mavi? Sie ist doch auch auf der Erde…"

Das Wesen schüttelte den Kopf.

„Da ist sie.", sagte es und zeigte mit einem Kopfnicken auf Mavi, die immer noch friedlich schlief.

„Ist sie...auch...tot?"

„Nicht ganz..."

„Ich verstehe nicht..."

„Bei Tieren auf der Erde ist die Seele nicht so sehr an den Körper gebunden.
Tiere agieren instinktiv, Tiere fühlen mehr. Tiere lassen sich mehr treiben.
Und so ist die Seele auch ein Stückweit freier.
Bei euch Menschen ist die Seele durch eure Wahrnehmung der wahren Dinge zu sehr festgesetzt. Ihr seid zu intelligent, um euch treiben zu lassen.
Ihr denkt zu viel, um frei zu sein.
Elefanten können sich zu Tode trauern, ihr seid eurer Trauer schutzlos ausgesetzt. Nur selten könnt ihr selbst loslassen oder werdet erlöst.
Aufgeben sollte niemals eine Option sein.
Aber als Mavi gesehen hat, wie deine Familie eilig das Haus verlassen hatte und du nicht dabei warst, hat sie eine Entscheidung getroffen.
Sie kam mir entgegen, als ich zu dir wollte. Sie hat gespürt..."

„Gespürt, dass ich tot bin…"

> **„Eben nicht ganz… tot und deswegen habe ich sie hierher mitgenommen."**

„Warum kann ich sie nicht anfassen?"

> **„Zwei Seelen können sich nicht gegenseitig direkt berühren.**
> **Eure Körper auf der Erde sind nur die Träger der Seele.**
> **Zwei Körper können sich berühren, zwei Seelen aber nicht direkt.**
> **Seelen sind auch sonst überhaupt nicht sichtbar. Mavi kannst du jetzt nur sehen, weil wir, wie gesagt, noch nicht ganz weg sind von der Erde.**
> **Wir sind genau zwischen dem, was ihr Himmel nennt, und der Erde.**
> **Du bist genau zwischen Ende und Anfang.**
> **Du kannst hier nichts anfassen.**
> **Das hast du sicherlich schon bemerkt…"**

Ich gewöhnte mich langsam an die ungewohnt tiefe und erfüllende Stimme.

„Was ist mit dem Bett?", fragte ich.

> **„Das ist das Äquivalent zu dem, was der Träger deiner Seele gerade spürt. Du liegst auch gerade in einem Bett."**

„Und das Licht?"

„Den Lichtschalter konntest du betätigen,
weil auch auf der Erde Licht auf dich
scheint.
Du hast deine Augen auf der Erde
geschlossen und somit ist das Licht aus,
aber geschlossene Augen halten auch
nicht alles Licht ab.
Wenn du schlafen willst, kannst du
irgendwann das Licht ausblenden.
Du hast dich mit Betätigen des
Lichtschalters entschieden, das Licht
wahrzunehmen. Aber eben nur durch
geschlossene Augenlider. Deswegen sieht
das auch so komisch aus."

Ich schaute hoch ins Licht und das Wesen tat es mir
gleich.

„Und der Mond? Was ist damit?"

„Auf der Erde ist es gerade Nacht.
Wir sind noch auf der Erde.
In deinem Verstand. Wir sind zusammen
in deinem Verstand. Diesen Raum hier
habe ich in deinem Verstand erschaffen.
Hier ist es auch Nacht.
Dein Verstand versucht die Dinge
wahrzunehmen, so wie sie auf Erden
wären.
Das gelingt aber nicht ganz.

Du findest zum Beispiel keine Worte für das, was du hier wahrnimmst.

Denn sowas hast du noch nie erlebt."

„Ich lebe doch gar nicht mehr, wie soll ich denn nun noch etwas erleben?"

Das Wesen schmunzelte.

„Du bist dir selbst noch bewusst."

„Mein Verstand funktioniert noch?"

Das Wesen nickte.

„Der Verstand funktioniert noch immer kurze Zeit nach dem Tod des Körpers…"

„Wie bin ich…? Wie ist mein Körper…"

„Du hattest einen Autounfall."

„Autoun…?"

„Du hattest keine Schuld. In deine Seite ist ein Auto gekracht. Er war viel zu schnell."

„Und er…?"

„Sein Körper ist in bester Verfassung."

Ich schwieg und starrte noch immer ins Licht.

„So normal…?"

„Hmm?"

„Ich bin so normal gestorben…"

„Wie wolltest du denn sterben?"

Ich zuckte mit den Schultern und tatsächlich hatte ich dazu keine Gedanken.

„Ein Autounfall wäre vermeidbar gewesen…", meinte ich.

Das Wesen schüttelte mit dem Kopf.

„Zumeist trifft es die Falschen zur falschen Zeit.
Du hättest nichts anders machen können."
„Gibt es denn jetzt noch irgendwas, was ich tun kann?"
Das Wesen schüttelte wieder mit dem Kopf.
„Aber ich bin doch an Maschinen angeschlossen, ich kann doch sicher noch einmal zurück und mich verabschieden!?"
Schon wieder nur ein stummes Kopfschütteln.
„Das ist mir zu wenig", sagte ich, „antworte mir doch wenigstens! Was mache ich noch hier?"
„Nach dem Tod zieht das Leben noch einmal an der Seele vorbei. Die Seele trennt sich natürlich ungern vom Körper. Gerade, wenn man schon 19 Jahre im engsten Verbund miteinander verbracht hat...", sagte das Wesen.
„Aber wenn das Leben vorbei ist, dann gehen die Seelen. Warum bist du noch hier?"
Die Frage hallte trocken durch den Raum.
„Also bin ich jetzt schuld?"
„Ja...und du weißt wieso...", sagte das Wesen und schaute zu mir.
„Angst...", sagte ich nach einer kurzen, gleichzeitig endlosen Pause.

„Angst vor dem, was danach kommt? Du bist eine Seele. Du hast keine Angst. Angst ist etwas Menschliches. Warum hältst du dich so sehr daran fest, ein Mensch zu sein?"

„Angst... Während meiner Zeit als Mensch hatte ich Angst."

„Angst ist menschlich, Angst kannst du hinter dir lassen, wenn du durch diese Tür da gehst..."

„Angst...", fing ich ein drittes Mal an.

„Ich hatte immer Angst vorm Tod. Angst, dann schlagartig Dinge zu bereuen."

„Und?"

„Ich bereue..."

„Was bereust du?"

„Als Mensch hat man Herz und man hat seinen Verstand."

Ich schaute dem Wesen in die menschlichen, aber dennoch undefinierbaren Augen.

„Das Herz fühlt, der Verstand spricht. Ich habe aber mehr Dinge gefühlt, als ich ausgesprochen habe. Und ich bereue es nun, einige Dinge nicht ausgesprochen zu haben."

„Was für Dinge?"

„Gefühle..."

„Was für Gefühle?"

„Positive Gefühle, negative Gefühle.“

„Was hat dich davon abgehalten, die Dinge auszusprechen?“

„Mein Kopf...“

Das Wesen seufzte.

„Die Tür da...“, sagte es und zeigte auf meine Zimmertür.

„Die Tür ist zu...“, sagte ich.

Das Wesen nickte.

„Die Tür ist zu. Aber nicht, weil ich das so möchte oder weil ich das Zimmer so festgelegt habe. Nicht, weil ich dich hier festhalten möchte.“

„Sondern?“, fragte ich.

„Was denkst du denn, wer Schuld daran hat, dass die Tür zu ist?“

„Mein Kopf...“

„Hast du versucht, die Tür zu öffnen?“

Ich nickte.

„Und?“

„Verschlossen.“

„Dein Kopf...“, fing das Wesen an.

Ich nickte.

„Dein Verstand hat die Tür nicht verschlossen. Dein Verstand hat versucht, die Tür zu öffnen.“

„Warum ging es dann nicht?“

>„Weil etwas anderes die Tür verschlossen hält. Und zwar aus genau den Gründen, die du gerade genannt hast.“

„Was denn?“

>„Dein Herz…“

„Mein Herz?“

>„Ein Mensch zu sein, ist nicht einfach… Und das weißt du am besten.
>
>Ein Mensch - der Körper mitsamt Herz und Verstand ist Träger der Seele.
>
>Der Träger der Seele - eine enge Verbundenheit, ein enger Verbund. Nichts, was dazwischenkommen kann. Nur der Tod.
>
>Es gibt Verhältnisse im Körper, in der Existenz eines Menschen.
>
>Kraft- und Machtverhältnisse.
>
>Verhältnisse, Stimmig- und Unstimmigkeiten, die eine Seele als solche gar nicht gewohnt ist.
>
>Der Körper ist der Urzustand, die Grundlage.
>
>Über dem Körper sozusagen ist der Verstand.
>
>Deine Gedanken, das Steuerzentrum für den Körper.

Und dann darüber steht noch das Herz.
Die Emotionen, Gefühle.
So stark, dass sie deine Gedanken benebeln und deinen Verstand beeinflussen können.
Emotionen, die dich zu Entscheidungen bringen können. Emotionen, die deinen Verstand und Körper dazu bringen können, übermenschliche Dinge zu tun oder auszuhalten.
Das Herz ist wahnsinnig stark...
Aber darüber...

„Die Seele...", beendete ich den Satz.

„Wenn es zu so einem Gespräch wie hier kommt, werde ich gerufen, um dir beizustehen.
Du bist im Moment dabei, zu dem Zustand einer reinen Seele überzugehen.
Aber du bist hilflos.
Und ich bin hier, um zu helfen."

„Warum hilflos?"

„Ihr Menschen seid klug, zu klug, um frei zu sein.
Und euer Problem ist, dass ihr Antworten auf Fragen sucht, auf die es keine Antworten gibt.
Und ihr habt Recht - in eurem Universum gibt es noch mehr Leben.

Unterschiedliche Spezies.
Alle Träger einer Seele.
Unterschiedliche Sprachen und
unterschiedliche Arten, sich
auszudrücken.
Dass das Gespräch hier in menschlicher
Sprache abläuft, liegt daran, dass wir noch
in deinem Verstand sind…"

„Warum hilflos?", fragte ich noch einmal.

„Es gab Gerüchte, demnach das Herz eines
Menschen stärker ist als die Seele.
Ich hab dem nicht glauben können.
Bis jetzt…
Denn dein Verstand wollte gehen, hat die
Seele gehen lassen. Aber dein Herz hat die
Tür versperrt.
Dein Herz klammert sich an deiner Seele
fest.
Ein Herz ist naiv und kann so stark sein,
wie nichts anderes es jemals war.
Es will noch nicht, dass du gehst. Denn,
wenn die Seele geht, hört es endgültig auf
zu schlagen."

„Wie willst du mir helfen? Was tun wir jetzt?"

„Lass dein Herz sprechen…"

„Wie?"

„Schalte deinen Verstand aus. Lass alles
fallen."

„Wie das?"

    „Schließ deine Augen.

    Denk an nichts."

Ich legte mich wieder zurück und schloss meine Augen. Ich versuchte an nichts zu denken.

    „Was siehst du?"

„Nichts…"

    „Gut, ich werde dir jetzt ein paar Fragen stellen."

„Okay…"

    „Warum willst du noch nicht gehen?"

Durch meinen Verstand schossen tausende Dinge. Meine Familie, meine Freunde, meine Katzen, heiße Sommertage, kalte Wintertage.

„Wegen meiner Familie und meinen Freunden, wegen den Menschen, die ich liebe und wegen den Dingen, die sie noch nicht zu hören bekommen haben."

Die Worte hallten noch etwas im Raum nach.

Ich hielt meine Augen geschlossen.

Ich fühlte nichts. Das Wesen schwieg.

    „Das war noch nicht dein Herz", sagte das Wesen.

Ich öffnete meine Augen und schaute es an.

Es schüttelte langsam den Kopf.

    „Mach die Augen zu. Ich habe noch eine Frage an dich."

Wieder sah ich nichts. Schwarz.
Und ich dachte an nichts.

> **„Gefühle sind auf der Erde nur ein biologischer Reiz.
> Deine Mutter liebst du nur, weil sie dich aufgezogen hat und weil sie die Quelle der Nahrung ist. Nahrung, die dich am Leben hält."**

„Das stimmt nicht.", sagte ich.
Aus dem schwarzen Nichts wurde ein weißes Nichts und ich sah das Gesicht meiner Mutter vor mir.

> **„Warum nicht?"**, fragte das Wesen.

„Du würdest es nicht verstehen.", antwortete ich.

> **„Warum denkst du das?"**

„Weil du noch nie ein Herz hattest."

> **„Deine Mutter liebt dich auch nur, weil das biologisch so gewollt ist."**

Es wurde lauter.
Ich sah meine Mutter vor mir, wie sie mich im Arm hielt.
Ich sah den Blick in ihren Augen.
Ich sah mich auf den Schoß meines Vaters sitzen.
Mit Mütze auf dem Kopf und wie ich in die Welt hinausblickte.
Ich sah in meine Augen und in die Augen meines Vaters, die noch mehr glänzten als meine.

Ich sah meine Eltern, die sich um meine Geschwister kümmerten. Liebevoll.

„Das ist nicht nur Biologie!", kam es impulsiv aus mir heraus.

Meine Stimme brach, weil mein Hals langsam zuschwoll.

Bei den Bildern und dem Gedanken, meine Eltern nicht wieder sehen zu können, schossen mir Tränen in die geschlossenen Augen.

„Das ist nicht nur Biologie…", sagte ich nochmal und so gut es mit meiner Stimme ging.

> **„Nein…", flüsterte das Wesen ganz sanft, „du hast Recht…"**

„Wie?"

> **„Du kannst deine Augen wieder öffnen…"**

Das Wesen blieb beim Flüstern.

Ich öffnete meine Augen. Wir waren nicht mehr in meinem Zimmer.

Das Wesen war nirgendwo zu sehen.

Ich schaute an mir runter. Ich fühlte, dass ich zitterte, doch ich konnte mich selbst nicht sehen.

> **„Danke, dass du dein Herz mir gegenüber geöffnet hast…"**

Ich sagte nichts. Ich fühlte wieder alles.

> **„Tut mir leid, dass ich deine Mauern so rabiat herunterbrechen musste. Aber ein Herz öffnet sich nicht so leicht. Gerade, wenn es mal verletzt wurde."**

„Wurde mein Herz verletzt?"

„Das weißt du doch selbst am besten…
Für den Verstand ist es im Grunde
unmöglich, ins Herz zu gelangen.
Für eine Seele schwer, aber nicht
unmöglich.
Für zwei Seelen, dich und mich, wiederum
eine Sache der Unmöglichkeit.
Eigentlich…"

„Wie haben wir es dann hierhergeschafft?"

„Ich habe dein Herz provoziert und du
hast deine Gefühle fließen lassen.
Unfassbar starke Gefühle.
Kräfte, die ich noch nie so gespürt habe.
Und das, obwohl ich als Seele eigentlich
nichts fühlen kann."

„Wie viel Zeit haben wir noch?"

„Wieviel Zeit?"

„Bis das hier alles vorbei ist…"

„Bis dein Herz befreit ist von den Dingen,
die es schon immer mal loswerden
wollte."

„Alles?"

„Alles. Bis dein Herz deine Seele loslässt."

„Werden meine Eltern und Freunde das je erfahren,
was ich hier im Herzen habe?"

„Ich kann dir nichts versprechen. Aber ich
werde mein Bestes geben."

„Wie?"
Das Wesen schwieg.

      „Ich wage es nicht, auf Fragen zu antworten, auf die ich die Antwort nicht weiß."

„Okay…"

      „Wie fühlst du dich?"

„Traurig, niedergeschlagen. Ich kann es nicht realisieren, dass es schon vorbei ist…"

      „Das Leben ist selten zur richtigen Zeit vorbei. Und das ist nichts, was du beeinflussen kannst."

Ich schwieg.

      „Darf ich dir ein paar Fragen stellen?"

„Nur zu…"

      „In was für einer Welt lebst du?"

„Die Erde…?
Meinst du die Erde?"

      „Wenn du so willst…ja."

„Die Erde…
Die Erde ist ein wundervoller, wundersamer Ort.
Es passieren Dinge, die ein Mensch nicht verstehen kann, egal wie sehr er es versucht.
Die Erde atmet mit jedem Lebewesen, das auf ihr lebt, mit.
Sie ist das Zuhause für jedermann.
Sie trauert um jedes gefallene Tier.

Sie trauert um jedes Unrecht, was einem Lebewesen angetan wird.
Manchmal sagen wir Menschen, die Erde würde uns Unrecht antun.
Erdbeben, Tsunamis, Wirbelstürme, allgemein Naturkatastrophen. Aber eigentlich sind es nur wir Menschen, die der Erde Unrecht antun.
Dankbar für das, was wir haben, sind wir schon lange nicht mehr.
Einige vielleicht schon, aber wir sind keinesfalls dankbar genug."

„Ihr Menschen seid nicht gut?"

„Unsere Gesellschaft ist nicht gut.
Wir haben Chaos im System.
Das System, was eine Gesellschaft zum Funktionieren braucht, macht einen einzelnen Menschen kaputt.
Und mit kaputten Menschen funktioniert das System nicht - ein Widerspruch in sich selbst.
Manchmal sind wir Menschen blind. Aber wir sind einfach zu viele."

**„Warum klammert sich dein Herz denn so ans Leben, wenn es das doch eigentlich gut finden würde, wenn es weniger Menschen auf der Erde gibt.
Ist dein Herz auch blind? Zu blind, um das Gute in dieser Lage zu sehen?"**

„Weil ich nie die Hoffnung aufgegeben habe, dass sich etwas ändert.

Es muss nun endlich was passieren. Aber ja, du hast Recht, vielleicht bin ich gerade zu egoistisch."

„Ist es das, was dein Herz gerade denkt?"

„Nein. Es ist das, was mein Herz fühlt."

„Gut. Wenn die Erde so schrecklich ist, was hält dich denn an der Erde?

Ich habe in deiner Erinnerung den Satz gefunden: Manchmal ist Hoffnung nicht genug."

„Hoffnung ist manchmal nicht genug. Aber es gibt verschiedene Arten der Hoffnung. Die eine Art stärker als die andere."

„Ist Hoffnung denn überhaupt so wichtig?"

„Hoffnung ist sehr wichtig. Hoffnung ist ein Antrieb, eine Motivation, eine Zukunftsvision.

Ohne Hoffnung würde sich das alles nicht lohnen. Ohne Hoffnung würde ich…"

„Welche Arten gibt es?"

„Arten der Hoffnung…

Es gibt Hoffnung als einen ausgebildeten Gedanken der Verstand.

Hoffnung als manifestierten Gedanken - wieder der Verstand, aber etwas stärker.

Hoffnung…

Es gibt Hoffnung als ein Gefühl - das Herz.

Die Hoffnung ist ein starkes Gefühl.

Aber es gibt noch eine stärkere Form der Hoffnung."

„Was ist es?"

„Wenn ich Hoffnung in anderen Menschen sehen kann.

Meine Familie ist Hoffnung.

Meine engen Freunde - Hoffnung.

Sie – Hoffnung.

Das Gefühl, was ich kriege, wenn ich diese Menschen betrachte.

Oder das Gefühl, was ich kriege, wenn ich sehe, dass diese Menschen wegen mir nicht aufhören zu kämpfen - Hoffnung.

Stark genug, um durch schwere Zeiten hindurchzugleiten.

Stark genug, um steile Abhänge einfach wieder hinaufzuschreiten.

Das Gefühl ist dann genug. Das Gefühl kommt nie allein.

Aber diese Art der Hoffnung macht die Erde zu einem besseren Ort. Die Menschen, die mich hoffen lassen, machen die Erde zu einem besseren Ort.

Sie macht diese Erde zu einem besseren Ort."

„Was für Gefühle kommen da noch zu...?"

„Zu viele, um sie in Worte zu fassen..."

**„Zu viele? Schalte deinen Verstand aus.
Wir sind in deinem Herzen.
Du wirst nie ehrlicher über deine Gefühle
reden können. Du wirst deine Gefühle nie
reiner fühlen können als jetzt."**

„Ich weiß nicht, wo ich anfangen soll."

„Du denkst schon wieder zu viel."

„Ich weiß wirklich nicht, wo ich anfangen soll."

**„Okay…dann fang beim schönsten Gefühl
an. Fang beim Schönsten an und dann
schauen wir weiter."**

„Das schönste Gefühl ist fürs Erste nicht mal ein
Gefühl an sich. Wird dann aber später zum
schönsten Gefühl, was es gibt."

„Was ist es?"

„Familie."

„Was ist das für ein Gefühl."

„Ein gutes Gefühl; ein reines Gefühl. Ein warmer,
weicher Pullover.
Der Ursprung aller anderen Gefühle.
Familie ist seit jeher bei mir gewesen.
Seitdem ich auf der Erde bin.
Ich werde geliebt. Ich lerne Liebe.
Es wird sich um mich gesorgt und gekümmert.
Ich fühle mich geborgen. Zuhause.
Ich fühle mich angenommen. Ich fühle mich selbst.
Ich fühle meine Schwächen und meine Stärken.

Ich fühle Dankbarkeit. Wertschätzung.
Ich fühle… Familie."

> **„Was würdest du deiner Familie noch
> gerne sagen?"**

„Danke."

> **„Danke wofür?"**

„**Danke**, dass ihr mich auf die Welt gebracht hat.
Danke für jede Nacht, die ihr wegen mir nicht
durchschlafen konntet.
Danke, dass ihr euch Tag und Nacht gekümmert
habt.
Danke, dass ihr mir meine kleinen Socken, meine
Hose, meine Schuhe, mein Unterhemd und meinen
Pullover angezogen habt, als ich noch zu klein war,
um es selbst zu tun.
Danke für jeden Gedanken, den ihr wegen mir
hattet.
Danke für jeden Augenblick, den ich mit euch
verbringen durfte.
Danke für jedes Mal, wenn ich in eurem Bett
schlafen durfte, weil ich schlecht geträumt hatte.
Gegen euch hatte kein Alptraum eine Chance.
Danke für jeden Atemzug, den ihr hattet, seit ich da
bin.
Danke für jeden Herzschlag.

Danke für jede Sekunde mit euch, denn ohne euch wäre ich nicht hier.

Danke für eure Erfahrungen.

Danke für jede Träne, die wir uns geteilt haben und **Danke** für jedes Lächeln, was groß genug und jedes Lachen, das laut genug war, um mich anzustecken.

Danke, dass ihr stolz auf mich seid.

Danke, dass ihr so stark seid.

Danke für die Erfahrungen, die ich selbst machen durfte.

Danke, dass ihr mich vor mir selbst schützt.

Danke für eure ehrliche Zunge.

Danke für euer ehrliches Herz.

Danke für jede Geschichte, die ihr mir erzählt habt.

Danke für jede Träne, die ihr mir aus dem Gesicht gewischt habt.

Danke für alles, was ihr mir ermöglicht habt.

Papa Danke, dass du mir gezeigt hast, wie man den eigenen Kopf besiegt und über die Grenzen gehen kann.

Papa Danke, ohne dich wüsste ich nicht, was ein **guter Vater** ist.

Ich hatte mich schon so auf Kinder gefreut, weil du der coolste **Opa** wärst.

Papa du bist mein **Superheld**.

Mama Danke.

Mama Danke für die Frau, die du bist.

Mama Danke, dass da wo du bist, mein **Zuhause** ist.

Danke für jedes Mal, als du dir Sorgen um mich gemacht hast.

Danke für jeden **Schmerz**, jede **Last**, die du auf dich genommen hast, um mich so weit zu bringen, wie ich gekommen bin.

Danke euch beiden, dass ich so tolle **Geschwister** habe.

Ohne euch wären wir nichts.

Ihr seid die **besten Eltern**, die man sich wünschen könnte.

Und es tut mir leid, dass ich euch das selten so gesagt habe.

Ich war bei euch das **erste Mal glücklich** und das **erste Mal traurig**. Ich bin bei euch das erste Mal **gelaufen** und das erste Mal **gefallen**. Ich **liebe** euch über alles."

Tränen flossen mein Gesicht runter.

Mein Gesicht, das ich nicht fühlen konnte, Tränen, die eigentlich nicht da waren.

Aber das Gefühl war da und so stark wie nie.

      „Dein Herz wird leichter…"

Ich nickte stumm.

      „Deine Geschwister sind noch da…"

„Meine Geschwister…"

„Ja…willst du ihnen was sagen…?"
„Meiner Schwester…ich…"
Ich holte schluchzend so viel Luft wie möglich.
„Ich…danke für alles.
Danke, dass du meine Schwester bist, danke für die kleinen **Abenteuer**, die wir erlebt haben.
Ich würde gerne noch mehr mit dir erleben.
Danke für die **Erinnerungen**, die wir uns teilen durften.
Schade, dass wir so schnell alt geworden sind.
Ich hätte als Kind gerne mehr Zeit mit dir verbracht…"
Wieder holte ich verzweifelt japsend Luft.
„Mein Bruder…Ich…dir… steht großes bevor. Du darfst dich nur nicht von der Gesellschaft runterziehen lassen.
Du bist **groß** und **stark**, lass dir von niemanden sagen, du wärst es nicht.
Danke, dass du dir Gedanken um mich gemacht hast, als es mir schlecht ging. Ich wünschte, ich hätte mir mehr Gedanken um dich gemacht.
Ich wünschte, wir hätten noch mehr gemeinsam erleben können.
Ich hab dich lieb."
„Gut…gut… Es wird leichter… Was ist noch in deinem Herzen?"
„Reue…"

„Was bereust du?"
„Nicht immer ehrlich gewesen zu sein, nicht zu mir, nicht zu anderen."

„Was noch?"
„Jeder, dem ich mal weh getan habe, soll wissen, dass es mir leidtut.
Gebrochene Herzen werden nie wieder so sein wie zuvor.
Ich wünschte, ich hätte sie nie gebrochen.
Ich entschuldige mich bei jedem, dem ich mal seine Gefühle verletzt habe und bei jedem, dem ich Unrecht angetan habe.
Es tut mir leid für jeden, den ich enttäuscht habe.
Es tut mir leid, dass ihr Opfer meiner Entwicklung gewesen seid, aber ich bin ein besserer Mensch geworden."

„Was denkst du, wie vielen Menschen hast du das Herz gebrochen?"
Ich brachte fünf gebrochen gesprochene Namen heraus.

„Was denkst du, wie viele davon sind noch gebrochen?"
„Ich weiß es nicht…"

„Eins…"
„Das kann nicht sein…"

„Doch…es ist…dein eigenes…"
Ich schluckte.

„Das Herz lässt dich langsam gehen...da ist noch mehr..."

„Ich möchte meinem Papa noch was sagen..."

„Was ist es...?"

„Ich hätte ihm gerne noch Enkel gegeben, um die er sich so gut kümmern kann, wie er es um mich gemacht hat. Er ist der **stärkste Mann** der Welt. Ich hab vielen erzählt, wie stolz ich auf ihn bin und wie sehr ich zu ihm hochschaue, aber ich hab es immer versäumt, ihm das mal selbst ins Gesicht zu sagen."

„Was hat dich davon abgehalten?"

„Keine Ahnung...ich weiß es nicht...
Aber jetzt sehe ich ja, wie weit mich das gebracht hat."

„Was ist da noch?"

„Mein Papa soll aufhören mit dem Rauchen. Ohne ihn kann meine Familie nicht. Ich hab Angst, dass er zu früh nicht mehr auf meine Familie aufpassen kann..."

„Menschen können nicht für immer leben..."

„Ich weiß...ich weiß... Das weiß er auch selbst..."
Ich schwieg.

„Weißt du, was meinen Papa so besonders macht?"

„Ich antworte nicht auf Fragen, auf die ich keine Antwort weiß..."

„Er würde sein Leben geben für eines seiner Familie. Und das würden viele sagen. Er ist der Einzige, bei dem ich sofort glaube, er würde es tun."

„Seine Seele ist rein…"

„Nicht fehlerfrei…aber rein. Ehrlich und rein."

„Bewundernswert…"

„Ja…sehr…"

„Wie fühlst du dich?"

„Wird mein Papa das jemals hören?"

„Ich kann dir nichts versprechen…"

„Besser…denke ich…"

„Denkst du?"

„Ich fühle mich besser…"

„Schließ die Augen…"

Ich schloss die Augen und es war wieder alles schwarz.

Im Zimmer war es dunkel.
Der Mond war nicht mehr da, das Licht war wieder ausgeschaltet.

  „Du wirst losgelassen… merkst du´s?"
„Ja…"
  „Dein Verstand wird schwächer, dein Herz wird leichter… willst du es nochmal versuchen?"
„Was ist hinter der Tür?"
  „Ein neues Leben!?"
„Wo?"
  „Ich weiß es nicht…"
„Als Mensch?"
  „Unwahrscheinlich…"
„Dann möchte ich das nicht noch einmal versuchen…"
  „Dir bleibt nichts anderes übrig…"
„Ich kann nicht…"
  „Was ist so besonders am Mensch-Sein?"
„Gefühle… Nur als Mensch kann man traurig sein und sich dabei gut fühlen.
Nur als Mensch kann man etwas Schönes im Schmerz sehen.
Nur als Mensch kann man Stärke in der Schwäche sehen und Schwäche in der Stärke.
Nur als Mensch kann sich Freude manchmal nicht gut anfühlen.

Nur als Mensch kann man mitleiden und zwar so sehr, dass es dir danach oder währenddessen schlechter geht als dem, der das Leid eigentlich trägt.

Nur als Mensch kannst du jemandem mehr Last abnehmen, als dieser Mensch hat.

Bittersüß ist das Menschsein.

Aber ich will nie was anderes erleben.

Denn nur als Mensch kann man sich manchmal selbst verlieren und sich in anderen Menschen wiederfinden.

Nur als Mensch kann man andere tolle Menschen kennenlernen, die einen wiederaufbauen, wenn man sich selbst kaputt gemacht hat.

Nur als Mensch kann man sich selbst zerstören.

Nur als Mensch kann man verheerende Kriege in sich und mit sich selbst führen...

Das menschliche Dasein ist bittersüß...“

„Wo Krieg ist, ist (auch Frieden)...“

„Nur als Mensch kann man seinen Frieden in anderen Personen finden...“

„Wäre es nicht schöner, wenn es von Anfang an Frieden gibt...?“

„Wo soll es das geben?“

„Hinter dieser Tür...“

„Ohne Krieg gibt es auch keinen Frieden…"
       „Was wenn doch?"
„Wenn doch, dann wäre der Frieden aber nicht so eindrucksvoll.
Weil es keinen Kontrast dazu gibt.
Wundervolle Menschen, schöne Menschen kann man nur wahrnehmen und wertschätzen, wenn man schlechte Menschen kennt.
Auch, wenn das nur die Person im Spiegel ist…"
       „Ist die Person, die du im Spiegel siehst, schlecht?"
„Ich habe mein ganzes Leben damit verbracht, mich zu reflektieren, zu beurteilen und zu betrachten.
Ob ich ein schlechter Mensch bin… oder war…keine Ahnung.
Aber die Menschen um mich herum waren immer der positive Kontrast für dunkle Gedanken…"
       „Dunkle Gedanken…?"
„Dunkle Gedanken…dunkle Zeiten…
Sie haben nie aufgehört, mir den Weg zu leuchten…"
       „Wer sind diese Menschen?"
„Freunde…gute Freunde…
Menschen, die ich im Herzen habe…
Ein Mensch, dem mein Herz gehört."
       „Welche Menschen sind das für dich?"
„Wir Menschen haben einen Begriff dafür…
Seelenverwandte.
Deckel für den Topf.

Salbe für die Wunden.
Stille für ohrenbetäubenden Lärm.
Ordnung für Chaos.
Frieden für den Krieg in einem drin.
Es soll einen Seelenverwandten auf der Erde für
dich geben, so sagt man.
Die perfekte Ergänzung.
Das perfekte Gegenüber. Das perfekte Leben.
Aber bei mir muss es anders sein…anders gewesen
sein…
Denn ich habe das Gefühl, ich habe mehrere
Menschen gehabt.
Menschen, bei denen ich mich geborgen gefühlt
habe. Menschen, bei denen ich mich geborgen fühle.
Jeder führt seinen eigenen Krieg, aber ich würde bei
jeder Schlacht helfen, in der ich irgendwas
ausrichten kann.
Und das würden sie auch für mich tun.
Das weiß ich…"

**„Wissen sie denn von all deinen
Schlachten?"**

„Nein…
Ich will sie schützen.
Ich will sie da nicht mit reinziehen.
Ich will eine positive Wirkung auf sie haben, keine
negative…"

„Warum bist du dir dann trotzdem so sicher?"

„Weil ich jede Schlacht nur für sie bestreite... Weil ich ohne sie nicht kämpfen würde...verstehst du?"

„Wissen sie das?"

„Ich hoffe..."

„Welche Art der Hoffnung?"

„Ich hab ihnen ein Buch geschrieben, in dem ich versuche, zu beschreiben, wie viel mir diese Menschen wert sind."

„Also wissen sie´s?"

„Ich hab´s ihnen nie gezeigt..."

„Warum?"

„Ich hab auf einen besonderen Zeitpunkt gewartet..."

„Und der Zeitpunkt kam nicht?"

„Der Zeitpunkt ist jetzt.
Jetzt ist es aber auch gleichzeitig zu spät..."

„Wer weiß..."

„Bald weiß es keiner mehr..."

„Willst du es nochmal versuchen?"

„Mir bleibt ja nichts anderes übrig..."

Das Wesen nickte.

Ich lief im dunklen Zimmer zielgerichtet auf die Tür zu.

Mein Puls wurde langsamer, meine Schritte leichter und mein Atem schwerer.

„Warte!"

Ich blieb stehen.

„Es gibt noch eine Sache, die ich nicht verstanden habe… Du hast mich in deinen Verstand gelassen und sogar in dein Herz. Ein Herz kann nicht lügen und ich habe alle deine Gefühle gesehen und gespürt. Trotzdem gab es dort eine Sache, die ich nicht fühlen konnte."

„Geheimnisse…"

„Warum hast du Geheimnisse vor mir?"

„Weil es nicht meine sind…

Ich speichere Geheimnisse, die mir anvertraut werden, nicht im Verstand, sondern im Herzen ab…"

„Weil ein Herz alleine nicht reden kann…"

„Weil ich versprochen habe, sie nicht weiter zu erzählen, ja…"

„Macht es das nicht manchmal schwer?"

„Jeder Kampf hinterlässt seine Spuren, das kann ich nicht verneinen…

Aber ich hab lieber ein schweres Herz als ein leeres Herz."

Ich ging weiter auf die Tür zu.

Ich weiß nicht, ob ich mir gewünscht hätte, dass die Tür nicht so schnell näherkam.

Aber als sie direkt vor mir war, konnte ich den Griff greifen.

Die Türklinke konnte ich herunterdrücken.
Und ich zögerte nicht.

    „Du hast es geschafft!", hörte ich das Wesen
    nur noch sagen.

Hinter der Tür war gleißendes, weißes Licht - wie
im Film.
Ein guter Film. Ein trauriger Film. Ein echter Film.
Ich ging langsam durch die Tür.
Es gibt kein Zurück mehr.
Der Boden, auf dem ich wanderte, war unsichtbar.
Das Licht wurde mit jedem schweren Schritt heller.
Die Zeit verging immer langsamer.
Mein Herz schlug in meiner Brust nur noch etwa
einmal pro Minute.
Eine Träne rollte ganz langsam meine Wange
hinunter.
Ich hätte nie gedacht, dass es irgendwann so weit
kommen würde.
Ich habe aufgegeben.
Irgendwann war das Licht so hell, dass ich meine
Augen zukneifen musste.
Ich sah Sterne, die immer weiter verblassten.
Und dann war alles weg.

Als ich wieder aufwachte, wurde ich wieder von dem Licht geblendet.
Ich lag im Krankenhaus.
Keiner war da.
Ist es jetzt vorbei?
Bin ich jetzt tot?
Wo ist meine Familie?
Keine Antwort.
Natürlich nicht.
Ich stand aus dem Bett auf.
Die Decke war leicht.
Ich hatte keine Socken an.
Der Boden war warm.
Auf der anderen Seite des Raumes war eine weiße Tür.
Ich ging drauf zu und an einem Spiegel vorbei.
Ich schaute in den Spiegel
Der Spiegel war leer.
Ich bekam Gänsehaut.
„Hallo? Ist da jemand?"
Die Worte verflogen sofort im leeren Raum.
Es gab keinerlei Echo.
Der Raum hallte nicht.
„Ist hier irgendjemand?"
Keine Antwort.
Ich ging auf die Tür zu.
Meine Schritte waren stumm.

Meine Beine waren leicht.
Es war vorbei.
Die Tür kam schnell näher.
Ich rechnete nicht damit, dass die Tür zu war.
Das hatte ich doch schon hinter mir.

Aber wieder war die Tür verschlossen.
Die Klinke nicht greifbar.
Ich sackte kraftlos vor der Tür zusammen.
Wie komme ich hier jemals wieder raus?
Ich schloss meine Augen und versuchte irgendwas
zu hören, zu sehen oder zu spüren.
Doch auch da war nichts.

„Du bist ja noch nicht weit gekommen."
Ich antwortete nichts, drehte mich nur auf meinen
Knien langsam um und schaute auf das Wesen.
Es saß auf dem Bett.
Und schaute in meine Augen.
„Die Tür da..."
„Die Tür ist verschlossen."
„Was ist es diesmal?"
„Ich weiß es nicht. Ich hab keine Lust mehr..."
„Worauf hast du keine Lust mehr?"
„Ich hab keine Kraft mehr. Ich will nicht mehr."
„Dein Herz?"

„Mein Herz hatten wir doch schon.
Es hat mich doch schon gehen lassen.
Nicht nur mich, sondern alle anderen auch.
Ich bin leer…"
„Die anderen…"
Das Wesen stand auf.
„Hmm?"
„Weißt du, was du mir gezeigt hast…"
„Ich hab dir alles gezeigt…"
**„Eben…und in deiner Welt schlägt dein
Herz nicht für dich, sondern für andere."**
„Ja…"
**„Und deine Angst war, dass sie das nicht
erfahren würden, was du über deine
Familie und Freunde denkst."**
„Ja…aber das ist ja jetzt eh zu spät…"
**„Das verschließt dir gerade die Tür.
Aber das Buch, was du geschrieben
hast…"**
„Das ist in meinem Laptop."
**„Ich werde dafür sorgen, dass sie es
kriegen…"**
„Geht nicht…
„Passwort?"
Ich nickte.

Anfangsbuchstaben der Menschen, die mir am wichtigsten sind und mein Geburtsdatum.
Der Tag, an dem das Herz meiner Eltern für einen kurzen Moment aussetzte und mein Herz anfing, für diese Menschen zu schlagen.

„Sie werden es sehen…"
„Wie?"
„Die Antwort liegt hinter der Tür."
„Die Tür ist verschlossen."
„Versuchs noch einmal."
„Danke…", sagte ich und nickte dem Wesen zu.
„Eine Frage noch…"
„Ja…?"
Ich erwartete eine Frage, doch es kam keine.
Das Wesen schwieg und kam näher auf mich zu.
„Hast du keine Frage mehr?"
Ich schüttelte den Kopf.
„Sicher?"
„Ja…es ist alles geklärt."
„Hast du dich nicht gefragt, warum du dich nicht selbst im Spiegel sehen konntest?"
„Nein…ich dachte, das würde nicht mehr gehen, wenn man tot ist…"

„Weißt du noch, was du mich in deinem Zimmer gefragt hast?"

„Ob das ein Traum ist…"

„Die Frage meine ich nicht…"

Ich stockte. Meine aufgekommene Hoffnung verflog wieder.

„Deinen Namen…", hauchte ich, als es mir wieder einfiel.

Diesmal nickte das Wesen.

„Ich bin der Grund, warum der Spiegel leer ist…weil ich gerade vor dir stehe… Denn ich bin du…"

„Ich…"

Wieder ein Nicken.

„Mach es gut, es war mir eine Freude mit dir gewesen…"

„Danke…ich denke, mehr kann ich gerade nicht sagen…"

„Musst du auch nicht. Das ist ein sehr schönes Abschlusswort…"

„Also muss ich mich nun von mir selbst verabschieden…"

„Ja… du bist der Einzige, von dem du dich noch nicht verabschiedet hast."

Ich seufzte.

„Danke für alles…", wiederholte ich noch einmal und starrte in meine eigenen Augen.

„**Nun geh…**", sagte das Wesen, sagte ich mir selbst.
Und tatsächlich konnte ich die Klinke greifen.

Die Töne der Geigen meiner Playlist, die mich in den Schlaf trug, waren gerade wieder verstummt.
Ich war wieder wach.
Die Sonne schien in mein Zimmer.
Es war unordentlich. Das fiel mir sofort auf.
Der Boden und das Bett waren voll gerumpelt.
Ich trug eine Jeans und einen weißen Pullover.
Mir war heiß. Die Decke war schwer.
Ich schob sie beiseite.
Unten hörte ich, wie Geschirr klappert.
Abendbrot.
Ich erinnerte mich langsam wieder. Ich hatte mich nach der Arbeit hingelegt.
Meine Tür war nur angelehnt.
Ich hörte ein leises Kratzen und sah, wie sie sich langsam aufschob und meine Katze mir miauend entgegenkam.
Ich ging nach unten und meine Mutter deckte den Tisch.
Mein Papa saß in der Stube und schaute fern.
Mein Bruder saß mit Kopfhörern auf den Ohren und mit Handy in der Hand daneben.
Meine Schwester ist schon ausgezogen, war aber nie wirklich weg.
Auf meinem Handy waren Nachrichten von meinen engsten Freunden.

Man Leute, ich bin echt froh, dass ich euch habe. Ich hoffe, ihr wisst das jetzt.

Ich hab euch lieb.

Ich sitze in meinem Zimmer auf der Bettkante. Mein Herz schlägt in beruhigenden Abständen und erinnert mich unermüdlich an meine Existenz. Es wird mich nicht im Stich lassen. Mein Verstand lässt sich in undefinierbaren Gedankengängen treiben. Alles ist dunkel, alles ist still.

Ich sehe nichts außer dunkler Vollkommenheit in der vollkommenen Dunkelheit. Die wahren Dinge sind für mich nicht wahrzunehmen – ich höre nur meine eigenen Gedanken.

In diesen Momenten wird mir dennoch in ungewohnter Besonnenheit eine Sache bewusst – wäret ihr nicht da gewesen, würde ich nicht mehr auf der Bettkante sitzen.

Und das kann auffassen, wie man es möchte, aber egal zu welchem Schluss man kommt, es kommt immer aufs Gleiche hinaus – ohne euch wäre ich nicht da, wo ich nun bin.

Und einfach ausgesprochene Danksagungen wären nicht Ausgleich genug für das, was ihr für mich seid – Hoffnung.

Und zwar in der mir stärksten bekannten Form. Ihr gebt mir Hoffnung, ihr gebt mir Kraft. Und das zumeist ohne, dass ihr das von mir zu hören bekommt.

Wir leben in einer Welt und allein, dass wir leben, ist nicht fair – denn wir wurden nie gefragt, ob wir es überhaupt wollen. Das Leben ist eine Hassliebe, aber man sollte niemals vergessen, dass Liebe immer stärker als Hass sein wird.

Das Leben ist nicht immer fair, aber lass dich nicht unterkriegen. Du bist nicht allein.

Das Leben ist nicht immer fair...

- Das Leben ist nicht immer lebendig
- Dein Verstand nicht immer verständlich
- Zeit nicht immer unendlich
- Menschen nicht immer menschlich
- Freunde sind nicht immer freundlich
- Die Gesellschaft nicht immer gesellschaftlich
- Tage nicht immer erträglich
- Gesprochene Worte nicht immer ehrlich
- Versprechen manchmal nur ein Versprecher

- Es gibt Pläne ohne Plan,
- Sinn ohne Wahn,
- Segel ohne Wind,
- Hürden, die keine sind,
- Wege ohne Ziel,
- Unterhaltungen ohne ein Wort,
- Fragen ohne Antwort,
- Köpfe ohne Inhalt,
- Enden ohne Anfang,
- Jugend ohne Anstand,
- Liebe ohne Antrag,
- Herzen ohne Emotion,
- Streit ohne Diskussion.
- Nächte ohne Schlaf,
- Häuser ohne zuhause,
- Gedanken ohne Pause.

- Sommer sind nicht immer heiß,
- Schnee ist nicht immer weiß,
- Winter sind nicht immer kalt,
- Ein fester Griff nicht immer ein fester Halt.

- Türen nicht immer offen,
- Geheimnisse nicht immer geheim,
- Dein Besitz nicht immer dein,
- Vertrauen nicht immer vertraulich.
- Tränen nicht immer nass,
- Schwäche nicht immer schwach.
- Augen manchmal blind,
- Kinder nicht lang genug Kind
- Und am Ende wollen wir sein,
    wer wir nicht sind.

Aber wir sind nicht allein. Und dafür sollten wir dankbar sein.

In einer Welt,
in der ich Danke sagen möchte

(Hauptteil)

Die folgenden Seiten sind niedergeschriebene Danksagungen.

Ich möchte dir danken.

Die Seiten können vorsichtig ausgeschnitten werden, verschenkt werden als Zeichen der Dankbarkeit oder an die Wand gehängt werden, um sich selbst mal Danke zu sagen.

Ich wollte dir schon immer sagen:

Danke, dass es dich gibt.
Danke, dass du so bist, wie du bist.

Danke, dass es dich gibt.
Danke, dass du so bist, wie du bist.

Danke, dass es dich gibt.
Danke, dass du so bist, wie du bist.

Danke, dass es dich gibt.
Danke, dass du so bist, wie du bist.

In einer Welt
Wennjetz Sommerwehr

In einer Welt, in der ich mich manchmal nicht einmal selbst verstehe, fühle ich mich doch trotzdem von dir immer verstanden.

In einer Welt, in der ich mich manchmal nicht einmal selbst verstehen kann, fühle ich mich doch trotzdem von dir immer verstanden.

In einer Welt, in der ich mich manchmal nicht einmal selbst verstehe, fühle ich mich doch trotzdem immer von dir verstanden.

In einer Welt, in der ich mich manchmal nicht einmal selbst verstehe, fühle ich mich doch trotzdem von dir immer verstanden.

In einer Welt
Wennjetz Sommerwehr

In einer Welt, in der man Augen nicht trauen kann, weil sie blitzschnell über dich urteilen, sind es doch deine Augen, in denen ich mich am liebsten verliere.

In einer Welt, in der man Augen nicht trauen kann, weil sie blitzschnell über dich urteilen, sind es doch deine Augen, in denen ich mich am liebsten verliere.

Denn ich weiß, sie sind ehrlich.

In einer Welt, in der man Augen nicht trauen kann, weil sie blitzschnell über dich urteilen, sind es doch deine Augen, in denen ich mich am liebsten verliere.

In einer Welt, in der man Augen nicht trauen kann, weil sie blitzschnell über dich urteilen, sind es doch deine Augen, in denen ich mich am liebsten verliere.

In einer Welt

Wennjetz Sommerwehr

In einer Welt, in der Worte einem manchmal den Boden unter den Füßen wegreißen oder dir die Luft zum Atmen nehmen können, sind es doch deine Worte, die ich am liebsten höre.

In einer Welt, in der Worte einem den Boden unter den Füßen wegreißen oder dir die Luft zum Atmen nehmen können, sind es doch deine Worte, die ich am liebsten höre.

In einer Welt, in der Worte einem manchmal den Boden unter den Füßen wegreißen oder dir die Luft zum Atmen nehmen können, sind es doch deine Worte, die ich am liebsten höre.

In einer Welt, in der Worte einem manchmal den Boden unter den Füßen wegreißen oder dir die Luft zum Atmen nehmen können, sind es doch deine Worte, die ich am liebsten höre.

In einer Welt
Wennjetz Sommerwehr

In einer Welt, in der Hände grausame Dinge tun können, sind es doch deine Hände, die ich am liebsten spüre.

In einer Welt, in der Hände grausame Dinge tun können, sind es doch deine Hände, die ich am liebsten spüre.

Denn du würdest keiner Fliege was zuleide tun

In einer Welt, in der Hände grausame Dinge tun können, sind es doch deine Hände, die ich am liebsten spüre.

In einer Welt, in der Hände grausame Dinge tun können, sind es doch deine Hände, die ich am liebsten spüre.

In einer Welt

Wennjetz Sommerwehr

In einer Welt, in der es oft viel zu laut ist, ist es bei dir doch meist ganz still.

In einer Welt, in der es oft viel zu laut ist, ist es bei dir doch meist ganz still.

Und ich kann mich endlich mal wieder selbst hören.

In einer Welt, in der es oft viel zu laut ist, ist es bei dir doch meist ganz still.

In einer Welt, in der es oft viel zu laut ist, ist es bei dir doch meist ganz still.

In einer Welt

Wennjetz Sommerwehr

In einer Welt, in der ich viel zu viel nachdenke und mir dabei vieles einfach kaputt denke, denke ich bei dir nichts.

In einer Welt, in der ich viel zu viel nachdenke und mir dabei vieles einfach kaputt denke, denke ich bei dir an nichts.

Denn es gibt nichts, worüber ich mir Gedanken machen müsste.

In einer Welt, in der ich viel zu viel nachdenke und mir dabei vieles einfach kaputt denke, denke ich bei dir nichts.

In einer Welt, in der ich viel zu viel nachdenke und mir dabei vieles einfach kaputt denke, denke ich bei dir nichts.

In einer Welt

Wennjetz Sommerwehr

In einer Welt, in der man auf seinem Weg schnell mal Dinge oder sich selbst verliert, bist du mein Fundbüro.

In einer Welt, in der man auf seinem Weg schnell mal Dinge oder sich selbst verliert, bist du mein Fundbüro.

Und du hast alles, was ich verloren habe und noch viel mehr.

In einer Welt, in der man auf seinem Weg schnell mal Dinge oder sich selbst verliert, bist du mein Fundbüro.

In einer Welt, in der man auf seinem Weg schnell mal Dinge oder sich selbst verliert, bist du mein Fundbüro.

In einer Welt

Wennjetz Sommerwehr

In einer Welt, in der es viele schöne Dinge gibt, gibt es trotzdem nichts, was ich mir lieber anschaue.

In einer Welt, in der es viele schöne Dinge gibt, gibt es trotzdem nichts, was ich lieber anschaue.

Denn es gibt nichts, was schöner ist als du.

In einer Welt, in der es viele schöne Dinge gibt, gibt es trotzdem nichts, was ich mir lieber anschaue.

In einer Welt, in der es viele schöne Dinge gibt, gibt es trotzdem nichts, was ich mir lieber anschaue.

In einer Welt
Wennjetz Sommerwehr

In einer Welt, in der man oft vor der Wahrheit flüchtet, weil sie weh tut, führst du mich trotzdem zu ihr.

In einer Welt, in der man oft vor der Wahrheit flüchtet, weil sie weh tut, führst du mich trotzdem zu ihr.

Und du hast immer das richtige Pflaster dabei.

In einer Welt, in der man oft vor der Wahrheit flüchtet, weil sie weh tut, führst du mich trotzdem zu ihr.

In einer Welt, in der man oft vor der Wahrheit flüchtet, weil sie weh tut, führst du mich trotzdem zu ihr.

In einer Welt

Wennjetz Sommerwehr

In einer Welt, in der man täglich hunderte Nachrichten bekommt, sind es doch deine Nachrichten, die mir ein Lächeln auf die Lippen zaubern.

In einer Welt, in der man täglich hunderte Nachrichten bekommt, sind es doch deine Nachrichten, die mir ein Lächeln auf die Lippen zaubern.

Und das hat sonst noch keiner geschafft.

In einer Welt, in der man täglich hunderte Nachrichten bekommt, sind es doch deine Nachrichten, die mir ein Lächeln auf die Lippen zaubern.

In einer Welt, in der man täglich hunderte Nachrichten bekommt, sind es doch deine Nachrichten, die mir ein Lächeln auf die Lippen zaubern.

In einer Welt

Wennjetz Sommerwehr

In einer Welt, in der viele Menschen nicht wissen, was Liebe ist oder wie sich Liebe anfühlt, zeigst du mir, was wahre Liebe ist.

In einer Welt, in der viele Menschen nicht wissen, was Liebe ist oder wie sich Liebe anfühlt, zeigst du mir, was wahre Liebe ist.

Und das ist unbezahlbar.

In einer Welt, in der viele Menschen nicht wissen, was Liebe ist oder wie sich Liebe anfühlt, zeigst du mir, was wahre Liebe ist.

In einer Welt, in der viele Menschen nicht wissen, was Liebe ist oder wie sich Liebe anfühlt, zeigst du mir, was wahre Liebe ist.

In einer Welt

Wennjetz Sommerwehr

In einer Welt, in der man oft an sich selbst zweifelt, nimmst du mir all diese Zweifel.

In einer Welt, in der man oft an sich selbst zweifelt, nimmst du mir all diese Zweifel.

Und wenn du es nicht schaffst, meine Zweifel zu nehmen, bist du doch noch gut genug für uns zwei.

In einer Welt, in der man oft an sich selbst zweifelt, nimmst du mir all diese Zweifel.

In einer Welt, in der man oft an sich selbst zweifelt, nimmst du mir all diese Zweifel.

In einer Welt
Wennjetz Sommerwehr

In einer Welt, in der es auf viele Fragen keine Antworten gibt, zeigst du mir, wie schön es ist, Fragen unbeantwortet zu lassen.

In einer Welt, in der es auf viele Fragen keine Antworten gibt, zeigst du mir, wie schön es ist, Fragen unbeantwortet zu lassen.

In einer Welt, in der es auf viele Fragen keine Antworten gibt, zeigst du mir, wie schön es ist, Fragen unbeantwortet zu lassen

In einer Welt, in der es auf viele Fragen keine Antworten gibt, zeigst du mir, wie schön es ist, Fragen unbeantwortet zu lassen.

In einer Welt

Wennjetz Sommerwehr

In einer Welt, in der ich verheerende Kriege mit mir selbst führe, finde ich doch immer in dir meinen Frieden.

In einer Welt, in der ich verheerende Kriege mit mir selbst führe, finde ich doch immer in dir meinen Frieden.

In einer Welt, in der ich verheerende Kriege mit mir selbst führe, finde ich doch immer in dir meinen Frieden.

In einer Welt, in der ich verheerende Kriege mit mir selbst führe, finde ich doch immer in dir meinen Frieden.

In einer Welt

Wennjetz Sommerwehr

Ich bin für dich da.

In einer Welt, in der du dich manchmal allein fühlst, bin ich für dich da.
<u>Immer</u>.

Ich bin für dich da.

Ich bin für dich da.

In einer Welt

Wennjetz Sommerwehr

In einer Welt, in der man manchmal nicht weiß, wo man zuhause ist, möchte ich doch für dich zumindest ein kleines Stückchen Zuhause sein.

In einer Welt, in der man manchmal nicht weiß, wo man zuhause ist, möchte ich doch für dich zumindest ein kleines Stückchen Zuhause sein.

In einer Welt, in der man manchmal nicht weiß, wo man zuhause ist, möchte ich doch für dich zumindest ein kleines Stückchen Zuhause sein.

In einer Welt, in der man manchmal nicht weiß, wo man zuhause ist, möchte ich doch für dich zumindest ein kleines Stückchen Zuhause sein.

In einer Welt

Wennjetz Sommerwehr

In einer Welt, in der es so viele Menschen und so viele, schwer zu verstehende Sprachen gibt, ist es doch deine Sprache, die ich am liebsten sprechen können würde.

In einer Welt,
in der es so viele Menschen und so viele schwer zu verstehende Sprachen gibt, ist es doch deine Sprache, die ich am liebsten sprechen können würde.
Und ich lerne jeden Tag ein neues Wort.

In einer Welt, in der es so viele Menschen und so viele, schwer zu verstehende Sprachen gibt, ist es doch deine Sprache, die ich am liebsten sprechen können würde.

In einer Welt, in der es so viele Menschen und so viele, schwer zu verstehende Sprachen gibt, ist es doch deine Sprache, die ich am liebsten sprechen können würde.

In einer Welt

Wennjetz Sommerwehr

In einer Welt, in der man Angst vorm Fallen hat, weil man nicht auf dem harten Boden landen möchte, möchte ich für dich ein Ort sein, wo du dich gerne fallen lässt.

In einer Welt, in der man Angst vorm Fallen hat, weil man nicht auf dem harten Boden landen möchte, möchte ich für dich ein Ort sein, wo du dich gerne fallen lässt.

Denn du kannst dir sicher sein - du landest weich.

In einer Welt, in der man Angst vorm Fallen hat, weil man nicht auf dem harten Boden landen möchte, möchte ich für dich ein Ort sein, wo du dich gerne fallen lässt.

In einer Welt, in der man Angst vorm Fallen hat, weil man nicht auf dem harten Boden landen möchte, möchte ich für dich ein Ort sein, wo du dich gerne fallen lässt.

In einer Welt

Wennjetz Sommerwehr

In einer Welt, in der man manchmal so erschöpft ist, dass der Sinn des Lebens nur noch das Bett am Ende des Tages ist, schlafe ich dich erst dann ein, wenn du sicher schläfst.

In einer Welt, in der man manchmal so erschöpft ist, dass der Sinn des Lebens nur noch das Bett am Ende des Tages ist, schlafe ich doch erst dann ein, wenn ich weiß, dass du sicher schläfst.

In einer Welt, in der man manchmal so erschöpft ist, dass der Sinn des Lebens nur noch das Bett am Ende des Tages ist, schlafe ich dich erst dann ein, wenn du sicher schläfst.

In einer Welt, in der man manchmal so erschöpft ist, dass der Sinn des Lebens nur noch das Bett am Ende des Tages ist, schlafe ich dich erst dann ein, wenn du sicher schläfst.

In einer Welt
Wennjetz Sommerwehr

In einer Welt, in der ich von allem träumen könnte, träume ich doch jede Nacht nur von dir.

In einer Welt, in der ich von allem träumen könnte, träume ich doch jede Nacht nur von dir.

Doch kein Traum kommt an dein reales Ich ran.

In einer Welt, in der ich von allem träumen könnte, träume ich doch jede Nacht nur von dir.

In einer Welt, in der ich von allem träumen könnte, träume ich doch jede Nacht nur von dir.

In einer Welt

Wennjetz Sommerwehr

In einer Welt, in der ich frei über die Nutzung meiner Zeit entscheiden könnte, verbringe ich doch am liebsten Zeit mit dir.

In einer Welt, in der ich frei über die Nutzung meiner Zeit entscheiden könnte, verbringe ich doch am liebsten Zeit mit dir.

Und ich wünschte, ich hätte noch mehr.

In einer Welt, in der ich frei über die Nutzung meiner Zeit entscheiden könnte, verbringe ich doch am liebsten Zeit mit dir.

In einer Welt, in der ich frei über die Nutzung meiner Zeit entscheiden könnte, verbringe ich doch am liebsten Zeit mit dir.

In einer Welt

Wennjetz Sommerwehr

In einer Welt, in der man es nicht immer schafft, auf sich aufzupassen, soll es doch keinen Moment geben, in dem ich nicht auf dich aufpasse.

In einer Welt, in der man es nicht immer schafft, auf sich aufzupassen, soll es doch keinen Moment geben, in dem ich nicht auf dich aufpasse.

Und das ist ein Versprechen.

In einer Welt, in der man es nicht immer schafft, auf sich aufzupassen, soll es doch keinen Moment geben, in dem ich nicht auf dich aufpasse.

In einer Welt, in der man es nicht immer schafft, auf sich aufzupassen, soll es doch keinen Moment geben, in dem ich nicht auf dich aufpasse.

In einer Welt

Wennjetz Sommerwehr

In einer Welt, in der viele aufgeben, bevor sie versuchen, versuche ich zu kämpfen, bis alle Dinge aufgeben, die versuchen, dich herunterzuziehen.

In einer Welt, in der viele aufgeben, bevor sie versuchen, versuche ich zu kämpfen, bis alle Dinge aufgeben, die versuchen, dich herunterzuziehen.

In einer Welt, in der viele aufgeben, bevor sie versuchen, versuche ich zu kämpfen, bis alle Dinge aufgeben, die versuchen, dich herunterzuziehen.

In einer Welt, in der viele aufgeben, bevor sie versuchen, versuche ich zu kämpfen, bis alle Dinge aufgeben, die versuchen, dich herunterzuziehen.

In einer Welt

Wennjetz Sommerwehr

In einer Welt, in der es viele angsteinflößende Dinge gibt, bin ich für dich doch ganz mutig, auch wenn ich selbst Angst habe.

In einer Welt, in der es viele angsteinflößende Dinge gibt, bin ich für dich doch ganz mutig, auch wenn ich selbst Angst habe.

In einer Welt, in der es viele angsteinflößende Dinge gibt, bin ich für dich doch ganz mutig, auch wenn ich selbst Angst habe.

In einer Welt, in der es viele angsteinflößende Dinge gibt, bin ich für dich doch ganz mutig, auch wenn ich selbst Angst habe.

In einer Welt
Wennjetz Sommerwehr

In einer Welt, in der man sich oftmals alleine herumschlagen muss, bist du nie allein.

In einer Welt, in der man sich oftmals allein herumschlagen muss, bist du nie allein.
Denn ich werde nie von deiner Seite weichen.

In einer Welt, in der man sich oftmals allein herumschlagen muss, bist du nie allein.

In einer Welt, in der man sich oftmals alleineherumschlagen muss, bist du nie allein.

In einer Welt

Wennjetz Sommerwehr

In einer Welt, in der man manchmal nicht weiß, wo man zuhause ist, möchte ich doch für dich zumindest ein kleines Stückchen Zuhause sein.

In einer Welt, in der man manchmal nicht weiß, wo man zuhause ist, möchte ich doch für dich zumindest ein kleines Stückchen Zuhause sein.

In einer Welt, in der man manchmal nicht weiß, wo man zuhause ist, möchte ich doch für dich zumindest ein kleines Stückchen Zuhause sein.

In einer Welt, in der man manchmal nicht weiß, wo man zuhause ist, möchte ich doch für dich zumindest ein kleines Stückchen Zuhause sein.

In einer Welt

Wennjetz Sommerwehr

In einer Welt, in der man Angst vorm Loslassen hat, lasse ich dich niemals los, außer du möchtest es.

In einer Welt, in der man Angst vorm Loslassen hat, lasse ich dich niemals los, außer du möchtest es.

Hauptsache du wirst glücklich.

In einer Welt, in der man Angst vorm Loslassen hat, lasse ich dich niemals los, außer du möchtest es.

In einer Welt, in der man Angst vorm Loslassen hat, lasse ich dich niemals los, außer du möchtest es.

In einer Welt

Wennjetz Sommerwehr

Ich werde dir niemals genug danken können. Aber ich hoffe, das hier ist der Anfang.

Und ich hoffe, es ist nicht zu spät, denn ich werde nicht wissen, wann das Leben endet.

Danke!

Ich bin bei dir.
In allen Lebenslagen.
Durch dick und dünn.
Durch alt und jung.
Durch blöd und schlau.
Durch Hass und Liebe.
Denn, wenn du gehst,
gehe ich mit dir.
Wenn du lachst,
lache ich mit dir.
Wenn du weinst,
weine ich mit dir.

Egal, was du machst,
ich mache mit.

Wenn du fällst,
falle ich mit dir,
damit du weich
landest.

Und wenn du im
offenen Meer treibst,
schwimme ich
neben dir,
damit du nicht am
falschen Strand
strandest.

In einer Welt

Wennjetz Sommerwehr

Wenn du dich fragst, wer du bist, frage ich dich:

Wer willst du denn sein?

Wenn du weinst, weinst du nie wieder allein.

Und wenn du dir große Sorgen machst, mache ich sie wieder klein.

In einer Welt
Wennjetz Sommerwehr

Wenn dir deine
Gedanken zu laut
sind,
mache ich sie wieder
leise.
Und brauchst du
einen Rat,
bin ich für dich
ganz weise.

In einer Welt

Wennjetz Sommerwehr

Ich erkläre
dir Dinge,
die ich
selbst
nicht versteh´.

Und trage dich
auf Händen,
bis ich
selbst
nicht mehr steh´.

In einer Welt

Wennjetz Sommerwehr

Sind dir deine Lasten zu schwer, nehme ich sie dir ab und trage sie dir hinterher.

Es ist egal wie weit, es ist egal wie schwer.

Für dich trage ich alles und noch mehr.

In einer Welt

Wennjetz Sommerwehr

Und schaust du
in den Spiegel
und siehst
nur einen Sack
Zement,
vertreibe ich jeden
Selbstzweifel
vehement
mit tausendfachem
Kompliment.

In einer Welt
Wennjetz Sommerwehr

Tust du etwas
Sinnloses,
gebe ich dir einen
Sinn.
Und bist du auf der
Suche nach einem
Zuhause –
du weißt, wo ich
bin.

In einer Welt

Wennjetz Sommerwehr

Ich nehme dich
in den Arm
nach einem harten
Tag.
Und bist du mal
ganz schwach,
finde ich das
ganz stark.

In einer Welt
Wennjetz Sommerwehr

Träumst
du schlecht,
werde ich dich
schützen und
über dich
wachen.
Und bist du mal
schlecht drauf,
gebe ich dir
etwas zu
lachen.

In einer Welt
Wennjetz Sommerwehr

Brauchst du jemanden, der sich um dich kümmert, werde ich für dich sorgen.

Jetzt, gleich, heute und morgen.

In einer Welt
Wennjetz Sommerwehr

Ich schöpfe für dich
Kraft aus Quellen,
die schon lange
versiegt sind.

Und kämpfe für
dich weiter
gegen Gegner,
die schon lange
besiegt sind.

In einer Welt
Wennjetz Sommerwehr

Sind deine
Gedanken trüb,
mache ich sie wieder
klar.
Weißt du mal nicht
weiter, bin ich
immer da.
Und hast du mal
eine Frage, zeige ich
dir, was falsch ist
und was
wahr.

In einer Welt
Wennjetz Sommerwehr

Ist die Welt zu laut,
bin ich für dich
ganz still.

Und egal, was
passiert - du bist
alles, was ich
brauche und alles,
was ich will.

In einer Welt
Wennjetz Sommerwehr

Fühlst du dich von jedem und dir selbst unverstanden, erkläre ich dir stundenlang jeden einzelnen Gedanken.

Und bist du vollkommen unverständlich, bleibe ich trotzdem bei dir, ganz selbstverständlich.

In einer Welt
Wennjetz Sommerwehr

Und bist du verzweifelt
und am Ende,
reiche ich dir meine
Hände.

Und gibt es nichts,
was dich hier
hält,
baue ich dir eine
Welt,
die nur deine ist und nur
dir
gefällt.

In einer Welt
Wennjetz Sommerwehr

Der letzte Appell

In einer Welt,
in der man nie weiß,
wann das Leben vorbei ist,
sollte man immer aussprechen,
was einem auf dem Herzen liegt,
bevor es zu spät ist.

‹ ›‹ ›‹ ›‹ ›‹ ›‹ ›‹ ›‹ ›‹ ›‹ ›‹ ›‹ ›‹ ›‹ ›‹ ›‹ ›

bevor es zu spät ist.
was einem auf dem Herzen liegt,
sollte man immer aussprechen,
wann das Leben vorbei ist,
in der man nie weiß,
In einer Welt.

Auf dieser Erde
gibt es zu viel Krieg
und wenig Frieden.
Es gibt Menschen, die sich hassen
und Menschen, die sich lieben.

Wir Menschen sind blind
und
wollen alle sein, wer wir nicht sind.

Wir verschwenden den Tag
und weinen in der Nacht,
während die Welt
über unsere Ideen lacht.

Nur in der Nacht
sieht man die Sterne.
Wir hassen die Kälte und
lieben die Wärme.

Der Sommer ist schön warm,
der Winter ist finster und arm.

Die Welt ist kalt,
und wir werden zu schnell alt.

Die Welt ist kalt,
das Leben ist nicht fair,
aber was würdest du tun
Wennjetz Sommerwehr?

Ich denke laut,
wenn ich bei dir bin,
und alles
LAUTE
und
leise
in meinem Kopf
ergibt plötzlich Sinn,
wenn ich bei dir bin,
bin ich so voller
Lebensfreude,
denn du bist mein
Lebenssinn.

Danke für deine Zeit.

In einer Welt

Wennjetz Sommerwehr